CW01371617

Lo strano caso delle cavallette suicide

e altri mini-racconti

Germano Dalcielo

Copyright 2023 © Germano Dalcielo.
Tutti i diritti riservati all'autore.
Immagine cover © [twilight mist] / Adobe Stock.
Prima edizione: Settembre 2023

*Alla mia amata Zuma.
Grazie per avermi reso
una persona migliore.*

In questa raccolta di racconti brevi mi sono cimentato nella *flash fiction*, nei *weird tales*, nella narrativa in forma di lettera e addirittura di sola messaggistica.

Due racconti (**Macigni** e **Ti aspetto qui**) hanno vinto i rispettivi concorsi di Forumlibri, il luogo di ritrovo per appassionati di libri più visitato del web.

Macigni

Masemino era uno sferocita, un globulo rosso più piccolo degli altri ma decisamente più cicciottello. Non era colpa sua, la natura – o meglio, la malattia dell'umano in cui era nato – lo aveva fatto gonfiare a causa di un difetto fisiologico alla sua membrana. Masemino soffriva molto per questa condizione. Avrebbe voluto essere un bel dischetto sottile e biconcavo come la maggior parte dei suoi simili, ma la vita aveva deciso diversamente.

Quando trasportava l'ossigeno assieme agli altri gli veniva spesso il fiatone e arrivava sempre ultimo. Una volta a causa della sua rotondità non riuscì a infilarsi in un capillare sottile e i suoi compagni, passati dall'altra parte senza problemi, lo lasciarono indietro intonando "*Bidòn bidòn bidibidòn bidibidòn*", prendendolo in giro per le sue forme abbondanti. Masemino ci rimase malissimo ma cercò di non darlo a vedere, si girò e tornò mogio mogio al suo lavoro di globulo rosso.

Col passare dei giorni le prese in giro aumentarono e anche se lui cercava in tutti i modi di non incrociare i suoi compagni cattivi, a volte capitava di trovarsi nello stesso vaso sanguigno e allora partivano i "cicciabomba!", "grassone!" oppure "palla di lardo!" che tanto male facevano a Masemino. Non riusciva a capire perché umiliarlo in quel modo li facesse ridere a crepapelle. Lui non ci avrebbe trovato niente da ridere nel far soffrire un suo simile. Si vergognava del suo aspetto, così deforme rispetto ai normociti, ma che loro rimarcassero la sua diversità lo faceva vergognare ancora di più.

Un giorno, mentre portava l'ossigeno fuori dai polmoni incrociò il gruppo di bulletti che veniva dalla direzione opposta. Masemino cercò di tirare indietro la pancia il più possibile per sembrare dimagrito, ma il capobranco, un globulo rosso dalla forma perfetta, gli urlò: «Oltre alla pancia e al culone adesso hai pure le tette? Ahhahaha!». Masemino corse via più veloce che poté, si rifugiò in una vena secondaria che non conosceva praticamente nessuno e scoppiò a piangere. La cosa che gli faceva più male non erano le risa sguaiate, ma quella sensazione di essere brutto, sbagliato, che gli avevano inculcato e che non riusciva più a scrollarsi di dosso. Era come una macchia ignominiosa con cui lo avevano sporcato, per sempre. Masemino si chiese se i bulli prendessero in giro anche gli echinociti per le loro protuberanze a forma di spina o i dacriociti per il loro fisico "a pera".

Perché ridono di come siamo fatti?, si domandava senza riuscire a darsi una risposta. *Che cosa c'è di divertente nel farmi stare male?*

I giorni seguenti chiese consiglio in giro su come fare per dimagrire, voleva assolutamente diventare normale e sottile come gli altri, così i bulli non avrebbero più potuto prendersi gioco di lui. Finalmente una mattina, un vecchio globulo rosso di quasi centodieci giorni rinomato per la sua vasta cultura e profonda saggezza, gli parlò dell'osmosi: Masemino avrebbe dovuto immergersi in dell'acqua salata, così, per ristabilire l'equilibrio osmotico, parte di quella all'interno del suo corpo sarebbe fuoriuscita. «Però devi fare molta attenzione – si raccomandò il vecchio – la disidratazione eccessiva può esserti fatale.»

Eccitatissimo per aver trovato la soluzione ai suoi problemi, Masemino lo ringraziò in tutta fretta e si mise subito alla spasmodica ricerca di acqua salata. Non vedeva l'ora di vedere il liquido fuoriuscire dalla sua membrana, il pancione e il sedere si sarebbero appiattiti e lui sarebbe diventato un globulo snello e perfetto! Finalmente i bulli non avrebbero avuto più motivo di prenderlo in giro.

Un giorno trovò dell'acqua di mare mentre tornava al polmone destro – all'umano era andata di traverso mentre nuotava –, ci si immerse tutto contento e… purtroppo lo scambio osmotico non fu abbastanza equilibrato e lui cominciò a raggrinzirsi fino a perdere ogni capacità vitale. Fluttuò inerte nel sangue fino alla milza, dove venne fagocitato e infine distrutto.

Quando i bulletti chiesero in giro che fine avesse fatto quel "ciccione di uno sferocita" che avevano incontrato quasi ogni giorno nell'ultima settimana, non si mostrarono dispiaciuti all'udire che era morto né tantomeno pentiti per averlo tormentato e indotto a quel gesto estremo, ma commentarono con un laconico "Oltre che ciccione era pure idiota!". Si fecero una grassa risata e ripresero a correre più veloci e scattanti di prima, quasi fossero più leggeri senza il peso dei macigni usciti dalle loro bocche.

Le due comari

«Stasera cosa danno alla televisione?»

«Che giorno è oggi?»

«Dovrebbe essere giovedì. Oggi c'era la carne in gelatina, di solito ci tocca il giovedì.»

«Sì, giusto. Allora c'è quel bel programma sui sopravviventi!»

«Si dice sopravvissuti, Gina. Intendi quei tizi sull'isola a far la fame?»

«Sì, è divertente quando fanno le gare per vincere il cibo in palio. Poveracci quelli che perdono, restano lì a leccarsi i baffi mentre gli altri si abboffano.»

«Peccato, non mi piace per niente. Quella che presenta, poi, la trovo troppo grezza. Il Grande Fratello invece era carino, mi faceva tanta compagnia in questa vita piatta e noiosa.»

«Lo so, Peppina, ma non è che poteva durare in eterno.»

«Chiaro, ma un po' mi manca, che te devo di'? In ogni caso spero che la stronza cambi canale. Possibile che non ci sia mai niente sulla Rai?»

«Non sperarci troppo, lei ama la TV spazzatura, sulla Rai c'è molta meno scelta.»

«Questi giovani d'oggi non guardano mai un bel documentario sulla savana o una puntata di Super Quark. Ah, che tempi quelli, io su Piero Angela mi ci sarei strusciata volentieri…»

«Peppina!»

«Che c'è? Ho detto strusciata, non sono mica stata volgare.»

La Gina non commentò, limitandosi a un'impercettibile smorfia di disgusto con relativo scuotimento di testa.

«Chissà cosa mangeremo domani…» cambiò discorso Peppina.

«Sì vabbè, Peppi, non puoi vivere pensando sempre e solo a magnà!»

«A cosa dovrei pensare, Gina, scusa? Non è che in questa casa ci sia tanto da fare, eh?! Lo spazio è sempre e solo quello, ormai ne conosciamo a memoria ogni angolo.»

«Lo so, Peppi, ma in veranda possiamo uscire e guardare fuori. Fai volare la mente, no? Con la fantasia puoi arrivare dappertutto!»

«A fanculo arrivo, Gina, non dappertutto.»

La Gina sbuffò, soffiando fuori tutta la sua frustrazione per l'insofferenza dell'amica.

«Come mi ammazzi i sogni di fuga tu, Peppi, non me li ammazza nessuno.»

«Scusa, cara, ma sono realista. Siamo intrappolate qui.»

«Lo so, tesoro, ma per lo meno abbiamo l'un l'altra.»

«Almeno quello, Gina. E la televisione, per fortuna. Altrimenti avrei già sfasciato questa baracca.»

«A proposito, la stronza ha già messo su Canale 5. Questo significa che potrò vedere i sopravviventi!»

«Sopravvissuti, Gina. E comunque si chiama L'Isola dei Famosi, non sono dei veri naufraghi.»

«Ma la volete smettere di miagolare stasera? Ma che v'è preso, santo cielo?! Avete aperto i rubinetti? Ora state zitte che voglio seguire la TV.»

«Peppi, parliamo domani, dai. Se l'umana si incazza rischia di darci la gelatina di merda di Miglior Gatto anche domani.»

«Silenzio radio, Gina. Non rischiamo. A domani.»

«Basta, ho detto! Finitela con 'sto mao meo miao continuo, sembrate due comari. Altrimenti domattina ciotola vuota!»

Peppina si dedicò a un lungo e certosino bidet in perfetto stile contorsionista, con una zampa sollevata dietro la testa e le pudenda in bella vista. La Gina invece si leccò una zampa con indifferenza, quasi per inerzia e non per effettiva necessità. Poi entrambe si acciambellarono sul divano a distanza di sicurezza dalla loro umana un po' bisbetica, gli occhi fissi sullo schermo del televisore finché il sonno non le vinse. Peppina sognò una scatoletta di Chesir al salmone e gamberetti, la Gina invece ebbe un incubo: sognò di affogare in una gigantesca lattina di insipida, schifosa gelatina Miglior Gatto.

Coriandoli di cenere

Cari mamma e papà,
oggi è il 164esimo giorno dall'inizio della Desolazione. È così che ho chiamato quella che per me è la non-vita dopo la fine del mondo, quel 12 giugno 2022. Voi non avete fatto in tempo ad accorgervi di niente, o almeno così mi hanno detto all'obitorio, ma quel giorno Sputin ha lanciato cinque missili nucleari su altrettante capitali europee: Londra e la parte sud-est dell'Inghilterra sono state spazzate via da uno tsunami alto 500 metri dopo che il missile è caduto nel canale della Manica per un errore di coordinate; Parigi,

Berlino, Roma e Bruxelles sono state centrate invece con precisione millimetrica e non esistono più. Le esplosioni hanno provocato milioni di morti e feriti, e la maggior parte di chi si è miracolosamente salvato ha i mesi contati a causa delle radiazioni.

Gli Americani hanno reagito uccidendo Sputin una settimana dopo, ma la domanda che tutti ci siamo fatti è: perché non lo hanno fermato prima del 12 giugno? Le avvisaglie che fosse fuori di testa c'erano eccome, e sei milioni di innocenti, come voi, oggi sarebbero ancora vivi.

Io mi sono salvata per puro caso, la mia fortuna è stata la mia insofferenza per il caldo. Mi dicevate che ero esagerata ad andare al mare già a fine aprile, vi ricordate? Ero in acqua quel giorno, e a un certo punto mi ricordo il boato impressionante, diverso da qualsiasi suono avessi mai sentito in vita mia, e subito dopo il calore, fortissimo, sulla pelle del viso. Se non ho riportato ustioni è perché mi sono immersa subito con tutta la testa. Lì per lì ho pensato fosse scoppiata una fabbrica, tipo di fuochi d'artificio, ma poi, quando sono riaffiorata e ho visto la gente che scappava terrorizzata, mi è venuto il dubbio che si trattasse di qualcosa di ben più grave. E avevo ragione.

Qui a Ostia l'aria è ancora irrespirabile dopo cinque mesi. Nei campi non cresce più nulla, sugli scaffali dei supermercati si trova solo cibo in scatola. Che cosa darei per risentire ancora una volta il sapore zuccherino di una fragola fresca o di un succo d'arancia appena spremuto… Quante cose davamo per scontate, e quanto mi mancano adesso! L'aria tersa che d'inverno mi sferzava il viso mentre aspettavo di entrare a scuola, il cinguettio degli uccelli che annunciava la primavera, l'erba fresca del prato dove ci sdraiavamo a studiare per le ultime interrogazioni di giugno… E quanto mi mancate voi!

Ora non c'è rimasto altro che coriandoli di cenere e desolazione. Eppure, anche nel deserto si può trovare un'oasi, no? È a questo che ho pensato quando stamani, mentre passeggiavo senza meta ai limiti della zona della Ricostruzione, ho visto un dente di leone farsi strada caparbio tra due ciottoli di un marciapiede. C'è una strofa di una bellissima canzone di cui non ricordo il titolo che dice che "un segreto è fare tutto come se vedessi solo il sole e non qualcosa che non c'è". Ecco, lui ha voluto vedere il sole, incurante di tutte le difficoltà che aveva davanti e fregandosene dell'impossibile, e da oggi voglio provarci anch'io: voglio provare a rivedere la luce là dove finora era tutto buio.

Perché la vita è più forte. E perché io sono la vostra Sailor Chibiusa, la piccola guerriera del vostro cartone animato preferito.

Ciao mamma, ciao papà.

Vi voglio bene.

Lo strano caso delle cavallette suicide

Nell'estate del 2017 il leader della comunità di cavallette *Calliptamus italicus* che vivevano nelle campagne di Cabras, in provincia di Oristano, fu informato dai suoi consiglieri di una statistica preoccupante: nelle ultime settimane, nei fiumi Tirso e Riu Tanui che delimitavano la zona, erano morte annegate decine di loro compagne. I numeri, tuttavia, sollevavano più di un dubbio: le cavallette non potevano essere saltate o cadute tutte accidentalmente in acqua, era statisticamente improbabile per una specie che non ha bisogno di abbeverarsi. La morte poteva invece essere stata intenzionale. Casi singoli e isolati, aumentati del 23% solo in quel periodo.

«Suicidi? Siete sicuri?» chiese perplesso il capo comunità.

Secondo i suoi interlocutori, le cavallette avevano ingerito un pesticida degli umani e si erano buttate nei fiumi per mettere fine all'agonia.

«Ma non si spiega perché tutte in acqua. Esistono anche altri modi per togliersi la vita», obiettò il leader.

«È la via più rapida e accessibile in poco tempo. Se avessero aspettato di essere trovate da un predatore o di essere schiacciate dagli uomini su una strada, avrebbero rischiato di passare minuti interminabili in preda ad atroci sofferenze», argomentò uno dei consiglieri.

«Ma se fossero state avvelenate, i suicidi non sarebbero isolati come avete detto. Nei campi degli umani siamo solite mangiare sempre in gruppo, quindi le cavallette che hanno ingerito il pesticida sarebbero dovute morire in massa e non da sole, in punti casuali dei fiumi e a distanza di giorni l'una dall'altra.»

«Infatti pensiamo che le vittime si siano avventurate in solitaria su prati, giardini e aiuole privati. Ovviamente gli uomini non possono aver avvelenato tutta l'erba esistente, e questo spiegherebbe perché in centinaia siamo ancora vive.»

Convintosi che quella teoria fosse la più plausibile, il leader decise di indire un'assemblea pubblica per informare la popolazione del pericolo mortale che correvano.

«Ma qualcuno le ha viste effettivamente con i sintomi da avvelenamento? I familiari che dicono?» chiese una giovane cavalletta mentre sgranocchiava una fogliolina di lattuga.

«No, nessuno ha assistito a convulsioni o rigurgiti. A detta dei loro cari le vittime apparivano solo un po' apatiche e si sono allontanate come fossero in trance», rispose il capo.

«Ma allora non c'entra un pesticida, potevano essere semplicemente depresse!»

«No, e in ogni caso la depressione non spiegherebbe un aumento così repentino delle morti. Non potevano essere depresse tutte nello stesso periodo.»

«Magari le stava inseguendo una gallina faraona e loro sono saltate nel fiume per non farsi mangiare…» ipotizzò una cavalletta maschio con due belle ali rosa e la livrea screziata di macchie.

«La morte come conseguenza di un attacco è stata esclusa da chi ha esaminato i corpi, sui quali non sono state riscontrate ferite. E poi in zona non sono state avvistate faraone o tacchini allo stato brado.»

«A questo punto non saprei che pensare… Povere anime», commentò rassegnata la cavalletta che spiluccava la lattuga.

«Fratelli e sorelle, fate molta attenzione», riprese il leader alzando la voce per farsi sentire da tutti. «Per il momento evitate di mangiare vicino agli insediamenti degli umani. E tenetevi lontani pure dai loro orti e giardini. Che Madre Natura vi protegga», concluse congedando tutti i convenuti all'assemblea.

Purtroppo le precauzioni non bastarono ad arginare il fenomeno e le cavallette continuarono a morire. Alla fine dell'estate, dopo che i casi di suicidio erano aumentati in maniera esponenziale, il capo della comunità propose di migrare verso le terre desolate della Sardegna centrale, nella speranza che fosse sufficiente allontanarsi dagli uomini per sfuggire al loro micidiale pesticida.

Quando vide, però, che migrare non era servito a nulla, cominciò a pensare che il problema non fosse il veleno e risolvere quel mistero diventò per lui un'ossessione. Tuttavia, anche se avesse scoperto la verità assistendo per caso a uno dei suicidi, non avrebbe potuto fare nulla per fermare quell'ecatombe.

Assieme all'erba che mangiavano, le cavallette ingerivano inavvertitamente anche le larve di *Gordius robustus*, un parassita che si attacca alle foglie o agli steli con dei piccoli uncini che ha sulla membrana. In seguito, nella cavità addominale dell'ignara ospite, la larva diventava un verme adulto impaziente di riprodursi. Poiché per farlo aveva bisogno di un ambiente acquatico, habitat naturale della sua specie, rilasciava delle sostanze psicoattive che interferivano con il cervello della cavalletta, "ordinandole" di dirigersi verso l'acqua e buttarcisi dentro. Una vera e propria manipolazione mentale. Quando il verme "sentiva" il liquido tanto agognato, fuoriusciva dalla povera malcapitata – che nel frattempo moriva annegata – e andava alla ricerca di un proprio simile con cui accoppiarsi.

Nei due mesi che seguirono alla migrazione, le perdite all'interno della popolazione delle Calliptamus italicus divennero drammatiche. Sentendosi impotente e non all'altezza di quel ruolo, il loro leader partì per un esilio volontario, scusandosi per non essere riuscito a venire a capo di quel mistero e più in generale per aver fallito nella missione di proteggere la comunità, ormai decimata.

Fu trovato morto in uno stagno pochi giorni dopo. Nel suo caso fu impossibile stabilire se fosse stato istigato dal parassita o spinto dai sensi di colpa.

Vuoi fare un giochino?

10 SETTEMBRE 2020

Ciao, sono Jonathan Galando
Vuoi fare un giochino?
Oh rispondimi!
Se non rispondi
stanotte ucciderò i tuoi genitori

> ???
> Sei fuori?

Ah ah! Hai risposto!
Ormai sei dentro al gioco

> Che gioco?
> Io non voglio fare nessun gioco

Se non vuoi che i tuoi muoiano
devi superare delle sfide
sempre più difficili
Se le superi tutte
salverai la vita alla tua famiglia
e anche al tuo coniglietto

> Come fai a sapere
> che ho un coniglio nano?

So tutto di te

> In che senso?
> Mi segui su facebook?

Ti osservo da mesi
Non mi serve facebook

> Cioè? Mi spii?

Ti chiami Mattia Esposito

Stai all'undicesimo piano
del palazzo in via del Castello

                    Come fai a saperlo?
            Sei un mio compagno di classe?
           Mi state facendo uno scherzo?

Io non scherzo mai
Ti piace la pallacanestro
Il tuo idolo è Marco Belinelli

               Anche questo puoi averlo letto
                        sul mio profilo FB

Allora chiedimi qualcosa
che non c'è sui social

                      Quanti anni ha mia nonna?

Quella paterna 68, l'altra è morta

                                 !!!
                             Come fai?
            Chi ti ha dato il mio cellulare?

Nessuno, io so i numeri di tutti
Allora cominciamo?
Devi affrontare la prima sfida

                Io non comincio un bel niente
                              Dimmi chi sei

Te l'ho già detto
Sono Jonathan Galando
e voglio fare un gioco con te

                        Io non voglio giocare
                              Ora ti blocco

Se mi blocchi ti scrivo con altri numeri
E se continui a bloccarmi
ucciderò i tuoi genitori

                                    Smettila
                          Mi stai spaventando
                Adesso lo dico a mia mamma
                    E lei chiama la polizia

Se lo fai li condannerai a morte certa

Pensi che qualcuno li proteggerà ogni notte?
Per sempre?
Verrò quando meno te lo aspetti

                        Perché mi fai questo?
                        Io non ti ho fatto niente
                        Perché sei così cattivo?

Puoi liberarti di me superando le sfide
Se finisci il gioco
non mi sentirai mai più
Sparirò per sempre
Partiamo

                        Hai già ammazzato qualcuno?

Certo

                        Come mai quella maschera?
                        Nella foto profilo intendo
                        Con quelle orecchie lunghe sembri Pluto

Ti piace?

> No
> Non lo so, è strana

Tic toc, tic toc
Non perdiamo altro tempo
Il gioco è iniziato

> Ma cosa dovrei fare???

Devi affrontare delle sfide
La prima è datti un pugno in faccia

> ???

Se non cominci a giocare
stanotte i tuoi genitori moriranno
Tua mamma dorme sul lato sinistro del letto
Si mette i tappi perché tuo papà russa

> Vaffanculo stronzo

Insultarmi non ti aiuterà
Datti un pugno e mandami la foto
qui su WhatsApp

Voglio la prova del livido
Hai un'ora da adesso
Se sgarri anche solo di un minuto
saluta mamma e papà per sempre

                              Ti pregooo
               Non posso, ho solo 11 anni!!!
                          Non ce la faccio
                         Non sono capaceee

Allora sbattiti una porta in faccia
con tutta la forza che hai

                              Se lo faccio
                              mi prometti
                    che stanotte non vieni?

Se superi le sfide non verrò mai

                        ***

Ecco, ti ho inviato la foto
Mi sono dato una botta col mouse
sotto l'occhio
Va bene così?

Bravo, prima sfida superata
A domani con la seconda

???
Ma quante sono?

Dieci

11 SETTEMBRE 2020

Ci sei? Devi affrontare la seconda sfida
Devi disegnarti una croce sul petto
con una lametta o un coltello affilato
Voglio vedere il sangue

                                        Stai scherzando???

Ti ho già detto che non scherzo mai

                                        Ti prego, il sangue no
                                        Mi fa impressione

Hai un'ora di tempo

                                        Ti scongiuro!!!

Meglio un pochino di sangue sul tuo petto
o quello che schizzerebbe fuori
dalla gola dei tuoi genitori?
Cosa preferisci?

                                        Va bene, va bene

19 SETTEMBRE 2020

Oggi è il grande giorno
Se superi la decima e ultima sfida
la tua famiglia sarà salva
Non sei contento?
Ehi rispondimi!
Non avrai mica intenzione
di mollare proprio adesso?

                    Non ce la faccio più
                        Ti prego basta
                          Ti supplico
                  Mi fa male dappertutto
          Mi esce ancora sangue dalle ferite

Dopo l'ultima sfida sarai libero
La chiave per uscire dal gioco sei tu
Puoi salvare la vita ai tuoi genitori
Non vuoi essere l'eroe che li salverà
da una morte atroce?

                        Cosa devo fare?

Stasera alle 10 esci sul balcone della tua stanza
e guarda giù verso il lampione
all'angolo di via del Corso
Mi troverai lì sotto la luce
Ti dirò cosa fare

          Mi prometti che dopo questa basta?

Ti ho detto che dopo stasera
sarai finalmente libero
SE FARAI QUEL CHE TI DICO
Ricorda: solo se supererai la sfida
non ucciderò i tuoi genitori

                              Ok ok

A stasera
Puntuale

                                  Sì

              ***

Ci sei?
Io sono qui sotto
Esci sul balcone
Mi vedi?

                                                                Sì

La tua unica via d'uscita dal gioco
è fare uno scambio:
la tua vita per quella dei tuoi genitori
Se non accetti aspetterò che dormano
e poi salirò a ucciderli
Vuoi salvarli?

                                  Mi prometti
                                  che li lascerai in pace
                                          se lo faccio?

Non avrei motivo di ucciderli
se superi tutte e dieci le sfide
Il gioco però pretende un sacrificio
Se non sarai tu a sacrificarti
dovranno farlo i tuoi genitori
Allora, vuoi salvare mamma e papà?

BUTTATI DI SOTTO
Se non lo fai, aspetterò che prendano sonno
e poi li sgozzerò nel letto

                                Aspetta un secondo

Mamma, papà vi amo.
Devo fare quel che dice
l'uomo col cappuccio nero.
Non ho scelta.
Perdonatemi.

Ti aspetto qui

Oggi sono tre giorni che vengo qui in stazione, sperando di vederla scendere dallo stesso predellino sul quale l'ho vista salire domenica mattina. Non si è nemmeno girata a mandarmi un bacio con la mano.

«Stai buono qui, Martino, okay? Io vado a fare i biglietti e arrivo subito.»

Mi sono seduto lì sulla panchina e l'ho seguita con lo sguardo fin sotto la pensilina con il vetro enorme. Si è messa in fila, sbuffando per il numero di persone prima di lei e guardando l'orologio in continuazione. Si tormentava il labbro inferiore con i denti, non capivo perché fosse così... così diversa, ecco. La mia mamma non si comportava mai in quel modo. È vero che nell'ultimo mese era meno affettuosa, mi dava meno baci e meno carezze, ma quella mattina avvertivo chiaramente che un tumulto interiore le stava sconquassando il cuore. Sentivo una specie di interferenza, qualcosa che irrimediabilmente le incrinava lo spirito, qualcosa che aveva a che fare con la paura e la disperazione. Ma non era il senso di solitudine che la affliggeva, era qualcosa di più grave, a livello più profondo. Ero preoccupato. Non volevo che la mamma stesse male. Avrei voluto fare qualcosa, abbracciarla, darle tutto il mio cuore e starle vicino, ma temevo che mi avrebbe sgridato se mi fossi mosso dalla panchina. Mi aveva detto di stare fermo lì e di aspettarla. Sono ubbidiente, io.

L'ho vista parlare al vetro e annuire più volte, stropicciarsi il labbro con i denti ancora una volta, infine aprire la borsetta e mettere dei foglietti sotto il vetro. Poi ne ha tirato fuori qualcosa che non sono riuscito a vedere, ma sembravano dei foglietti diversi da quelli che aveva infilato, e si è avviata lungo la banchina anziché tornare verso di me. Non capivo. "Ehi, mamma, sono qui!", avrei voluto urlare. E adesso? Avrei dovuto alzarmi e seguirla? E se poi mi avesse sgridato? Ha detto di aspettare qui. Aspettiamo, allora.

Da lontano cercavo di capire cosa stesse facendo e perché non tornasse subito da me, però non riuscivo a vedere bene, la stazione era poco illuminata e fuori era ancora buio. La mamma non smetteva di guardare l'orologio e non stava un attimo ferma. Non capivo cosa avesse, fino a pochi minuti prima sembrava andare tutto bene. Stavamo dormendo nel lettone di casa quando a un tratto l'ho sentita alzarsi e vestirsi in tutta fretta.

«No, Martino, tu continua a dormire. Torno presto, fa' il bravo.»

Invece mi sono fiondato giù dal letto e l'ho seguita, non mi va di rimanere da solo in casa. Ho visto che fuori era ancora buio e ho pensato che dovesse uscire per fare una commissione urgente o che si fosse dimenticata qualcosa. Ogni tanto la mamma era distratta, nell'ultimo periodo me ne ero accorto ma non ci avevo dato troppo peso. La vedevo fissare fuori dalla finestra, pensierosa, gli occhi lucidi e assenti, e la sentivo spesso piangere in silenzio. Quando mi avvicinavo per consolarla mi diceva sempre: «Meno male che ci sei tu...»

Appena usciti nel cortile di casa siamo saliti in macchina e poco dopo, la mamma si è fermata davanti alla stazione dei treni. Io so cos'è un treno perché ho imparato a odiarne il rumore: è troppo forte e mi fa male alle orecchie quando è troppo vicino. Siamo arrivati sul primo binario e mi ha detto di aspettarla lì sulla panchina. Intanto però i minuti passavano e lei non tornava.

Che strano, ho pensato. *Vabbè, aspettiamo, l'importante è che riesco a vedere dov'è la mamma.*

Alla fine è arrivato il treno. Come mi dà fastidio il fischio che fa quando si avvicina! E quando frena, anche peggio! La mamma si è allontanata ancora di più, come volesse inseguirlo. Poi il treno ha frenato e lei ha afferrato la maniglia di una porta. *Mamma, dove vai? Devo aspettarti qui, okay, ma quando torni? No, non ce la faccio a stare buono buono qui, devo andare a vedere che succede.*

Sono sceso dalla panchina e sono corso verso il punto dove la mamma è sparita. Non la vedevo più, c'erano altre persone che salivano e scendevano, ma della mamma nemmeno l'ombra.

No, la porta si sta richiudendo! Mamma, mamma! No, no, no, il treno si sta muovendo... E ora come faccio? Fermo, fermo!

Ho cominciato a corrergli dietro, ma poi la banchina è finita e mi sono dovuto fermare sennò cadevo di sotto. *Mamma, dove sei finita? Torni a prendermi? Ti aspetto qui, eh?*

Sono tornato alla panchina e mi ci sono seduto di nuovo sopra. La mamma mi aveva promesso che sarebbe tornata subito, quindi l'avrei aspettata lì. Le mamme non dicono bugie.

Magari non me ne sono accorto ed è scesa dall'altro lato del treno. Sì, la mamma tornerà presto.

Sono già passati due giorni e mezzo, però. Come mai la mamma non torna a prendermi?

Ogni mattina vengo qui in stazione e mi siedo sulla panchina. D'altronde mi ha detto di aspettarla qui. Prima o poi tornerà, no?

Bene, nel frattempo mi faccio un pisolino, sono un po' stanco. È dura venire in stazione all'alba e starci fino a sera. E poi quel maledetto treno che fischia non mi fa dormire bene, mi sveglia di continuo.

Ci si mette anche la gente a non farmi riposare. Non potrebbero lasciarmi dormire in pace? Per ammazzare il tempo, mentre aspetto la mamma dormo. Cos'altro dovrei fare?

«Oh, guarda questo tesorino! Vieni che ti prendo un dolcetto, vieni!»

Guardo la signora ancora intontito dal sonno, poi richiudo gli occhi. Tanto la mamma dovrebbe tornare da un momento all'altro per darmi da mangiare.

Intanto mi faccio una bella dormita, così quando la mamma sarà di ritorno sarò in gran forma e lei mi dirà: «Come sei bello, Martino mio!»

Sì, basta aspettare. Tornerà.

Adesso però dormiamo, dai.

«Povero cagnolino...» sento sussurrare la signora prima di addormentarmi.

Buonanotte, mamma.

Ti aspetto qui.

Il pupazzo di neve

«Mamma, mamma!»

Quella mattina la signora Adele era intenta a passare l'aspirapolvere e il figlio dovette sbracciarsi per richiamare la sua attenzione.

«Che c'è, tesoro?»

«Guarda! Il pupazzo di neve ha il naso arancione! Ieri non ce l'aveva!» esclamò Andrea indicando la carota infilata nel faccione di ghiaccio, lì fuori in giardino. Due sassolini neri per gli occhi e un rametto secco per la bocca completavano l'insieme, piuttosto buffo.

La donna sorrise di cuore, sapendo che dietro a quella sorpresa c'era sicuramente lo zampino del marito, uscito all'alba per andare al lavoro.

«È bellissimo, amore! Adesso però vieni a fare le palle di neve qui sotto il portico dove ti posso vedere.»

Il bambino recuperò il secchiello ai piedi del pupazzo e si accovacciò per raccogliere un po' di neve. La signora Adele si allontanò dalla finestra e riprese le sue pulizie. La polvere sotto il tavolo da pranzo la costrinse ad allungare più volte il braccio per riuscire ad aspirarla tutta. Quando si rialzò si diresse di nuovo alla finestra, pronta a sgridare il figlio per non aver obbedito al primo richiamo.

Andrea non era più davanti al pupazzo intento a spalare neve. Al suo posto, solo il cappello di lana con i lunghi paraorecchie e il secchiello rovesciato. La madre lo chiamò una volta. Una seconda. Poi si fiondò alla porta e uscì come una furia sulla veranda.

Nel giardino la sagoma del pupazzo di neve si stagliava imponente, la carota ancora dritta e sbarazzina a sfidare il vento. Quando la donna si avvicinò per controllare se il bimbo avesse scavalcato la staccionata e fosse a giocare in strada, si immobilizzò, ipnotizzata da qualcosa che aveva notato sulla faccia del pupazzo.

Le due estremità del rametto usato per la bocca erano inspiegabilmente rivolte all'insù.

Il pupazzo di neve stava sorridendo.

Grazie per aver letto questi mini-racconti.
Se ti è piaciuto quel che hai letto
acquista anche il mio thriller
Il segreto di Gesù
o i miei racconti thriller/horror
Lettere dal buio

Milton Keynes UK
Ingram Content Group UK Ltd.
UKHW020723120224
437701UK00018B/617